Monsieur *et* Madame ont un *fils*

• • •

A. Nonyme

Monsieur et Madame ont un fils

• • •

TOME 2

Préface de
Lech Troumff

Michel Lafon
103, boulevard Murat - 75016 Paris

Dans la même collection :

Monsieur et Madame ont un fils,
tome 1, par A. Nonyme,
Éditions Michel Lafon, 1993

Monsieur et Madame
« tome 2 » mode d'emploi

Le jeu continue, mais se modernise et devient international ! C'est le calendrier remis au goût du jour, et agrémenté de prénoms – connus – du monde entier.

Vous pouvez tour à tour décliner les faire-part à l'endroit (prénom puis nom), ou à l'envers (vice versa), ou encore les chanter, et vous creuser la tête dans les familles nombreuses. Dès qu'on passe les frontières, tout est dans la prononciation : amusez-vous à haute voix !

Merci à Valérie, Laurent, Myriam, Jean-Christophe, Delphine, Stéphane, Xavier, Didier, Olivier, Franck, Michel, Huguette, Fabien, Bô et les autres…

Et merci à vous de propager le rire !

Lech Troumff

Mo

et

on

I
A l'Endroit

•••

Monsieur et Ma

Monsieur et Madame

HÉHUNUIS

sont très fiers de vous annoncer la naissance de leur fils

Émile

Monsieur et Madame

CHOU-FLEUR

sont heureux de vous faire part de la naissance de leur fille

Claudia

Monsieur et Madame

OSSE

se réjouissent d'annoncer la venue au monde de leur fils

Jean-Wallace

Monsieur et Madame

AL ARMORIKÈNE

ont la joie de vous annoncer la naissance de leur fils

Omar

Monsieur et Madame

FAINT

sont très fiers de vous annoncer la naissance de leur fils

Roger

Monsieur et Madame

D'ONQUE-ÉCHAUFFART

ont le plaisir de fêter l'arrivée sur terre de leur fille

Éva

Monsieur et Madame

DIMME-HANCHE

sont heureux de vous faire part de la naissance de leur fils

Djamel

Monsieur et Madame

BÉCILE

ont le bonheur de vous annoncer la naissance de leur fils

Alain

Monsieur et Ma

Monsieur et Madame

RATON

ont le bonheur de vous annoncer la naissance de leur fille

Candy

Monsieur et Madame

HESSA-POURVOAR

se réjouissent d'annoncer la venue au monde de leur fille

Lise

Monsieur et Madame

AWAPEUR

ont la joie de vous annoncer la naissance de leur fille

Aouaouche

Monsieur et Madame

DES PATANTS

sont heureux de vous faire part de la naissance de leur fils

Jonathan

Monsieur et Madame
ÉBONNE
ont le plaisir de fêter l'arrivée sur terre de leur fille
Raquel

Monsieur et Madame
HURON
sont très fiers de vous annoncer la naissance de leur fils
Gaël

Monsieur et Madame
AMOIPE-ROFONS
se réjouissent d'annoncer la venue au monde de leur fils
Mel

Monsieur et Madame
IBABA
ont la joie de vous annoncer la naissance de leur fils
Al

Monsieur et Ma

Monsieur et Madame

ALHOR

sont heureux de vous faire part de la naissance de leur fils

Robin

Monsieur et Madame

HUBES

ont le bonheur de vous annoncer la naissance de leur fils

Dan

Monsieur et Madame

ÉPÉRIL

ont le plaisir de fêter l'arrivée sur terre de leur fils

Astérix

Monsieur et Madame

DES PACOME-DESQUON

ont la joie de vous annoncer la naissance de leur fils

Nathan

dame ont un fils

Monsieur et Madame

METRÉBIHUNMON-NÉ

sont très fiers de vous annoncer la naissance de leur fils

Jim

Monsieur et Madame

CHON

sont heureux de vous faire part de la naissance de leur fils

Paolo

Monsieur et Madame

PAHUNE

se réjouissent d'annoncer la venue au monde de leur fils

Jean-Loup

Monsieur et Madame

ÉHAITE-REPIR

ont le bonheur de vous annoncer la naissance de leur fils

Chapour

Monsieur et Madame
GALLÉLAFOURMIT
ont le plaisir de fêter l'arrivée sur terre de leur fille
Lassie

Monsieur et Madame
TIN
ont le plaisir de fêter l'arrivée sur terre de leur fils
Jacquemard

Monsieur et Madame
AMO
sont heureux de vous faire part de la naissance de leur fils
Andy

Monsieur et Madame
IWALL-KER
sont très fiers de vous annoncer la naissance de leur fils
John

dame ont une fille

Monsieur et Madame
HEURLE D'HOFFIN
ont la joie de vous annoncer la naissance de leur fils
Philippe

Monsieur et Madame
TEUMEUX
sont très fiers de vous annoncer la naissance de leur fils
Henri

Monsieur et Madame
ARIEN
ont le bonheur de vous annoncer la naissance de leur fille
Sélimène

Monsieur et Madame
RECTELAÏVES
se réjouissent d'annoncer la venue au monde de leur fils
Andy

Monsieur et Madame
L'OCHON
ont la joie de vous annoncer la naissance de leur fils
Rob

Monsieur et Madame
HIE
sont très fiers de vous annoncer la naissance de leur fils
Henri-Emmanuel

Monsieur et Madame
LAMAÎTRE-BILLANPROFRONS
ont le plaisir de fêter l'arrivée sur terre de leur fille
Yvette

Monsieur et Madame
NIMO DU MONDEU
ont le bonheur de vous annoncer la naissance de leur fille
Lisa

Monsieur et Madame
HITEMILLEUX-KEUSSA
ont la joie de vous annoncer la naissance de leur fils
Elmer

Monsieur et Madame
O'KAR DE TOURS
sont heureux de vous faire part de la naissance de leur fils
Aldhémar

Monsieur et Madame
NIOLE
se réjouissent d'annoncer la venue au monde de leur fils
Guy

Monsieur et Madame
EUMIEUX
ont le plaisir de fêter l'arrivée sur terre de leur fils
Joachim

Monsieur et Madame
MÉPAKON
sont heureux de vous faire part de la naissance de leur fils
Gentil

Monsieur et Madame
CÉHEF
ont la joie de vous annoncer la naissance de leur fils
Hassan

Monsieur et Madame
QUONNERY
sont très fiers de vous annoncer la naissance de leur fille
Aretha

Monsieur et Madame
AUDES-TAFAMMES
se réjouissent d'annoncer la venue au monde de leur fille
Pacôme

Monsieur et Madame
REGISSEMENT DE LAROUTE
ont le bonheur de vous annoncer la naissance de leur fille
Ella

Monsieur et Madame
TRANSÈNE
ont le plaisir de fêter l'arrivée sur terre de leur fils
Jean

Monsieur et Madame
ITICALICO-RECTES
sont heureux de vous faire part de la naissance de leur fils
Paul

Monsieur et Madame
YÉMILÉ
sont très fiers de vous annoncer la naissance de leur fille
Grace

Monsieur et Ma

Monsieur et Madame
DE LASUITTE D'ANLAIZIDÉ
ont la joie de vous annoncer la naissance de leur fille
Tatania

Monsieur et Madame
NEMOIHUNMOUTON
se réjouissent d'annoncer la venue au monde de leur fille
Daisy

Monsieur et Madame
PÉTUN-PEUPOURVOAR
ont le bonheur de vous annoncer la naissance de leur fils
Ray

Monsieur et Madame
DE SQUILREGAR-DEPAS
ont le plaisir de fêter l'arrivée sur terre de leur fils
Ismaël

Monsieur et Madame
SATUMEFÉMALLE
ont la joie de vous annoncer la naissance de leur fille
Pacôme

Monsieur et Madame
KATASTROFF
sont très fiers de vous annoncer la naissance de leur fils
Miguel

Monsieur et Madame
O'SÉFATI GAND
ont le bonheur de vous annoncer la naissance de leur fille
Sylvette

Monsieur et Madame
BOUCOU
sont heureux de vous faire part de la naissance de leur fils
Laurent

Monsieur et Madame
EMMESSUIVE
ont le plaisir de fêter l'arrivée sur terre de leur fille
Kim

Monsieur et Madame
LÉSACTEUR
se réjouissent d'annoncer la venue au monde de leur fils
Joël

Monsieur et Madame
HOUILLES
ont la joie de vous annoncer la naissance de leur fille
Ambre

Monsieur et Madame
HYABLELAVARHICE
ont le bonheur de vous annoncer la naissance de leur fille
Aude

dame ont une fille

Monsieur et Madame

ZAUBARANTRAIE

sont très fiers de vous annoncer la naissance de leur fils

Edmond

Monsieur et Madame

COUÏARENTRÉ

ont le bonheur de vous annoncer la naissance de leur fille

Edmée

Monsieur et Madame

LI

ont le plaisir de fêter l'arrivée sur terre de leur fils

Gepetto

Monsieur et Madame

WOALA

sont heureux de vous faire part de la naissance de leur fils

Wally

Monsieur et Madame
RÉPADEFOIT
sont heureux de vous faire part de la naissance de leur fils
Jordy

Monsieur et Madame
LIORADÉZEAUME
ont la joie de vous annoncer la naissance de leur fils
Tanguy

Monsieur et Madame
HUSSE
sont très fiers de vous annoncer la naissance de leur fille
Anne

Monsieur et Madame
MÉADESSENDRELÉSCALIÉ
se réjouissent d'annoncer la venue au monde de leur fille
Edmée

dame ont un fils

Monsieur et Madame

HÉGOL-HYATT

ont le bonheur de vous annoncer la naissance de leur fils

David

Monsieur et Madame

KLOIZONPOURAG-RENDIRTONSALHON

ont le plaisir de fêter l'arrivée sur terre de leur fille

Tabata

Monsieur et Madame

ÉDA-LILA

ont la joie de vous annoncer la naissance de leur fils

Samson

Monsieur et Madame

PAGOSSE

ont le bonheur de vous annoncer la naissance de leur fille

Gala

Monsieur et Madame

IMOME

ont le plaisir de fêter l'arrivée sur terre de leur fils

Max

Monsieur et Madame

SLEG

sont très fiers de vous annoncer la naissance de leur fils

Bob

Monsieur et Madame

ZEUDEU-FINDANAIT

ont le bonheur de vous annoncer la naissance de leur fils

Rémy

Monsieur et Madame

LUSIHONT

ont la joie de vous annoncer la naissance de leur fille

Daisy

dame ont une fille

Monsieur et Madame
RÉPACHÉLUI
sont heureux de vous faire part de la naissance de leur fils
Luigi

Monsieur et Madame
DE MAISONS DU QUAFFAIE
se réjouissent d'annoncer la venue au monde de leur fille
Laure

Monsieur et Madame
O'NY
ont le plaisir de fêter l'arrivée sur terre de leur fille
Cannelle

Monsieur et Madame
ARAGOA
sont très fiers de vous annoncer la naissance de leur fils
Nick

Monsieur et Madame
ÉHINBUTTE
sont heureux de vous faire part de la naissance de leur fils
Yvon-Marc

Monsieur et Madame
MEX
sont très fiers de vous annoncer la naissance de leur fils
Tex

Monsieur et Madame
IMELO
ont le bonheur de vous annoncer la naissance de leur fils
Mel

Monsieur et Madame
NAVALE
ont la joie de vous annoncer la naissance de leur fils
Oscar

Monsieur et Madame

O'TIBAY

ont le plaisir de fêter l'arrivée sur terre de leur fils

Tintin

Monsieur et Madame

CHÉLÉZELLE-VETTE

ont le bonheur de vous annoncer la naissance de leur fils

Astérix

Monsieur et Madame

FAURE

ont le plaisir de fêter l'arrivée sur terre de leur fils

Roch

Monsieur et Madame

DES URLEVAN

sont très fiers de vous annoncer la naissance de leur fils

Léo

Monsieur et Ma

Monsieur et Madame
APOU-BELL
se réjouissent d'annoncer la venue au monde de leur fils
Al

Monsieur et Madame
GOLO
ont le bonheur de vous annoncer la naissance de leur fils
Terry

Monsieur et Madame
RAY-PADU
sont heureux de vous faire part de la naissance de leur fils
Joe

Monsieur et Madame
DE BAGATEL
ont la joie de vous annoncer la naissance de leur fils
Paulo

Monsieur et Madame

DREUX DE DOULEURRES

ont le plaisir de fêter l'arrivée sur terre de leur fils

Astor

Monsieur et Madame

KIMGRATT

ont le bonheur de vous annoncer la naissance de leur fils

Aldo

Monsieur et Madame

YÉTU

ont la joie de vous annoncer la naissance de leur fils

Loup

Monsieur et Madame

MOHAPARTOU

sont très fiers de vous annoncer la naissance de leur fils

Lech

Monsieur et Madame
O'ZEKLA
se réjouissent d'annoncer la venue au monde de leur fille
Hillary

Monsieur et Madame
GÉPAPÉTAIE
ont le plaisir de fêter l'arrivée sur terre de leur fille
Manon

Monsieur et Madame
CHEUSES
ont le bonheur de vous annoncer la naissance de leur fille
Maguy

Monsieur et Madame
VERPÉPAIR
sont heureux de vous faire part de la naissance de leur fils
Pierre

dame ont un fils

Monsieur et Madame
KONÉ
ont la joie de vous annoncer la naissance de leur fille
Sandy

Monsieur et Madame
ZOLA
ont le bonheur de vous annoncer la naissance de leur fils
Gordon

Monsieur et Madame
BOOLE
sont très fiers de vous annoncer la naissance de leur fils
Pete

Monsieur et Madame
LAFÉ
sont heureux de vous faire part de la naissance de leur fils
Sony

Monsieur et Madame
ABONNEURES
ont le plaisir de fêter l'arrivée sur terre de leur fils
Al

Monsieur et Madame
DES ÇOURSE
ont le bonheur de vous annoncer la naissance de leur fille
Manon

Monsieur et Madame
GANNE
se réjouissent d'annoncer la venue au monde de leur fille
Laure

Monsieur et Madame
GLASS
ont la joie de vous annoncer la naissance de leur fils
Brice

Monsieur et Madame
CHEUX-DUPALÉ
ont le plaisir de fêter l'arrivée sur terre de leur fils
Omar

Monsieur et Madame
STERRICK
ont le bonheur de vous annoncer la naissance de leur fille
Kelly

Monsieur et Madame
AZTAKESS
ont la joie de vous annoncer la naissance de leur fille
Hélène

Monsieur et Madame
TAMHERR
sont heureux de vous faire part de la naissance de leur fils
Nick

Monsieur et Madame
O'ZOR
ont le bonheur de vous annoncer la naissance de leur fils
Dean

Monsieur et Madame
AUDEPORS
sont très fiers de vous annoncer la naissance de leur fils
Franck

Monsieur et Madame
HINGUE
ont le plaisir de fêter l'arrivée sur terre de leur fils
Ted

Monsieur et Madame
ARIEN DE COURIRILFOPARTIRAPOINT
se réjouissent d'annoncer la venue au monde de leur fils
Yasser

dame ont un fils

Monsieur et Madame

TASSION DU JURRIE

ont la joie de vous annoncer la naissance de leur fille

Félicie

Monsieur et Madame

STECOMI-STHOUARE

sont heureux de vous faire part de la naissance de leur fils

Patrice

Monsieur et Madame

LABRIS

ont le bonheur de vous annoncer la naissance de leur fille

Vita

Monsieur et Madame

DENLEPIFE

ont le plaisir de fêter l'arrivée sur terre de leur fille

Emma

Monsieur et Madame
ENDINGUE
sont très fiers de vous annoncer la naissance de leur fils
Elmer

Monsieur et Madame
HAPAJIVÉ
ont la joie de vous annoncer la naissance de leur fils
Steeve

Monsieur et Madame
D'ARHABY
se réjouissent d'annoncer la venue au monde de leur fille
Laurence

Monsieur et Madame
BAIDEMILLE
ont le plaisir de fêter l'arrivée sur terre de leur fille
Cécile

Monsieur et Madame
AMYTÉ
ont le bonheur de vous annoncer la naissance de leur fils
Pascal

Monsieur et Madame
NAVLADIE
ont la joie de vous annoncer la naissance de leur fille
Marie

Monsieur et Madame
AFFEUX
ont le plaisir de fêter l'arrivée sur terre de leur fils
Pierre

Monsieur et Madame
RILLEINNAME-ANGERS
ont le bonheur de vous annoncer la naissance de leur fille
Gina

Monsieur et Madame
KOUCHETOU-ALLAH
se réjouissent d'annoncer la venue au monde de leur fille
Marie

Monsieur et Madame
DAMOOR
ont le plaisir de fêter l'arrivée sur terre de leur fille
Mélodie

Monsieur et Madame
NŒUMAPATUER
sont heureux de vous faire part de la naissance de leur fils
Omar

Monsieur et Madame
HISMONTHÉE
sont très fiers de vous annoncer la naissance de leur fils
Paul

Monsieur et Madame
APELTAMAIR
ont la joie de vous annoncer la naissance de leur fils
Elmer

Monsieur et Madame
ÉRINAIRARIVE-TULUIMONTRELEKOCHON
se réjouissent d'annoncer la venue au monde de leur fille
Sylvette

Monsieur et Madame
AMAL EL PLEURR
sont très fiers de vous annoncer la naissance de leur fils
Pascal

Monsieur et Madame
HAY-ZAMY
ont le bonheur de vous annoncer la naissance de leur fils
Anselme

Monsieur et Madame
PAN
sont heureux de vous faire part de la naissance de leur fils
Amédée

Monsieur et Madame
ARADE
ont le plaisir de fêter l'arrivée sur terre de leur fils
Pete

Monsieur et Madame
CAUX D'EMOUTONS
ont la joie de vous annoncer la naissance de leur fils
Harry

Monsieur et Madame
ÉTINKON
sont heureux de vous faire part de la naissance de leur fils
Régis

dame ont une fille

Monsieur et Madame

JEMMY-MAICLÉ

ont le bonheur de vous annoncer la naissance de leur fils

Mao

Monsieur et Madame

MENTHÉTTE-ABLIS

ont le plaisir de fêter l'arrivée sur terre de leur fille

Claire

Monsieur et Madame

KOSHÉ

sont très fiers de vous annoncer la naissance de leur fils

Houphouët

Monsieur et Madame

GEUMENOA

se réjouissent d'annoncer la venue au monde de leur fils

Khaled

Monsieur et Madame
SAKULOTAL-ANVAIR
ont la joie de vous annoncer la naissance de leur fils
Abdelhamid

Monsieur et Madame
CÉLEPAURE
ont le bonheur de vous annoncer la naissance de leur fille
Annie

Monsieur et Madame
ABOA
sont heureux de vous faire part de la naissance de leur fils
Davis

Monsieur et Madame
SOAKI-MALIPANSS
ont le plaisir de fêter l'arrivée sur terre de leur fils
Johnny

Monsieur et Madame

KUSS-AIDUPOULÉ

sont très fiers de vous annoncer la naissance de leur fils

Edmond

Monsieur et Madame

MAIGEOZ-PLUX

ont la joie de vous annoncer la naissance de leur fille

Josée

Monsieur et Madame

YEN

ont le bonheur de vous annoncer la naissance de leur fils

César

Monsieur et Madame

HÉAUQUE-RAITILLEN

sont heureux de vous faire part de la naissance de leur fils

Jude

Monsieur et Madame
RHAZÉ
se réjouissent d'annoncer la venue au monde de leur fils
Moussa

Monsieur et Madame
MANCHE
ont le plaisir de fêter l'arrivée sur terre de leur fils
Joël-Eddie

Monsieur et Madame
IMPEUX
sont très fiers de vous annoncer la naissance de leur fils
Sam-Eugène

Monsieur et Madame
SKON-MANJHES
ont la joie de vous annoncer la naissance de leur fils
Quentin

dame ont une fille

Monsieur et Madame

SIPPLINÈRE

ont le bonheur de vous annoncer la naissance de leur fille

Candy

Monsieur et Madame

HULTASONUL

ont le plaisir de fêter l'arrivée sur terre de leur fille

Thérèse

Monsieur et Madame

RAINMEAUX

ont le bonheur de vous annoncer la naissance de leur fille

Sandy

Monsieur et Madame

MOA-VITT

sont heureux de vous faire part de la naissance de leur fils

Ambroise

Monsieur et Ma

Monsieur et Madame
IKEZE
ont la joie de vous annoncer la naissance de leur fille
Martine

Monsieur et Madame
ARIENADIRONFERMESSAGUEULE
ont le bonheur de vous annoncer la naissance de leur fils
Conan

Monsieur et Madame
PATTRHON
ont le plaisir de fêter l'arrivée sur terre de leur fille
Marcie

Monsieur et Madame
GOSH
se réjouissent d'annoncer la venue au monde de leur fils
Max-Hilaire

dame ont un fils

Monsieur et Madame

HORT-OASSITUVEÏARIVÉS

sont très fiers de vous annoncer la naissance de leur fille

Amélie

Monsieur et Madame

ANDRAINT

sont heureux de vous faire part de la naissance de leur fils

Justin-Alex

Monsieur et Madame

COMAN DE MANS

ont le bonheur de vous annoncer la naissance de leur fille

Lydie

Monsieur et Madame

OURAŸ

ont le plaisir de fêter l'arrivée sur terre de leur fils

Sam

Monsieur et Ma

Monsieur et Madame
LACLES-HOCHE
ont la joie de vous annoncer la naissance de leur fille
Allison

Monsieur et Madame
YTABLES
ont le bonheur de vous annoncer la naissance de leur fille
Line-Ève

Monsieur et Madame
El-AIHAREDI
se réjouissent d'annoncer la venue au monde de leur fille
Laure

Monsieur et Madame
TOAR-DÉGRAN
sont très fiers de vous annoncer la naissance de leur fils
Théodore

Monsieur et Madame

RETUPARADOVIL-AVECLECHEROQUI

sont heureux de vous faire part de la naissance de leur fils

Jean

Monsieur et Madame

RIVÉ

ont le plaisir de fêter l'arrivée sur terre de leur fille

Lynda

Monsieur et Madame

VAISSE-HELLES

ont la joie de vous annoncer la naissance de leur fille

Aude

Monsieur et Madame

BIZOU

sont très fiers de vous annoncer la naissance de leur fils

Justin

Monsieur et Madame
HUZELEKOU
ont le bonheur de vous annoncer la naissance de leur fils
Jacques

Monsieur et Madame
DIOMKILART-ROUVÉ
sont heureux de vous faire part de la naissance de leur fille
Salomé

Monsieur et Madame
TICOLIS
se réjouissent d'annoncer la venue au monde de leur fils
Nestor

Monsieur et Madame
GADELASAUCE-YÉTÉ
ont la joie de vous annoncer la naissance de leur fille
Renée

Monsieur et Madame
FAIMENGE
ont le plaisir de fêter l'arrivée sur terre de leur fille
Zita

Monsieur et Madame
TAITARO-BURRO
ont le bonheur de vous annoncer la naissance de leur fille
Thérèse

Monsieur et Madame
ZOHO
ont le plaisir de fêter l'arrivée sur terre de leur fils
Alonzo

Monsieur et Madame
DIATEURKITT-RANCH
ont la joie de vous annoncer la naissance de leur fille
Salomé

Monsieur et Madame
O'LIZ
ont le bonheur de vous annoncer la naissance de leur fille
Électre

Monsieur et Madame
RAPÉDAN LÉVIRAJJ
se réjouissent d'annoncer la venue au monde de leur fils
Thadée

Monsieur et Madame
HATRE
sont heureux de vous faire part de la naissance de leur fille
Dorothée

Monsieur et Madame
HIVIÉ
sont très fiers de vous annoncer la naissance de leur fils
Pete

Monsieur et Madame
STIKLÉMEUBLE
ont le plaisir de fêter l'arrivée sur terre de leur fille
Ella

Monsieur et Madame
O'EMAN
ont la joie de vous annoncer la naissance de leur fille
Électre

Monsieur et Madame
DES DAINES
ont le plaisir de fêter l'arrivée sur terre de leurs fils
Alex

Monsieur et Madame
HISSIONS
sont très fiers de vous annoncer la naissance de leur fille
Aude

Monsieur et Ma

Monsieur et Madame

KULAIT

sont heureux de vous faire part de la naissance de leur fils

Roland

Monsieur et Madame

SALOR

se réjouissent d'annoncer la venue au monde de leur fils

Romain

Monsieur et Madame

ZISTASSE

ont la joie de vous annoncer la naissance de leur fille

Eva

Monsieur et Madame

RIES

ont le plaisir de fêter l'arrivée sur terre de leur fille

Anne

Monsieur et Madame

INNE

ont le bonheur de vous annoncer la naissance de leur fille

Ruth

Monsieur et Madame

EL AVERDURES

sont très fiers de vous annoncer la naissance de leur fils

Tanguy

Monsieur et Madame

BROAIHENPANEYAL-ÉDOIT

sont heureux de vous faire part de la naissance de leur fille

Sylvie

Monsieur et Madame

CHIUNFI D'AILE

se réjouissent d'annoncer la venue au monde de leur fille

Lassie

Monsieur et Madame
STOIRPACLÈRE
ont la joie de vous annoncer la naissance de leur fille
Daisy

Monsieur et Madame
HEAUX
sont très fiers de vous annoncer la naissance de leur fils
Al

Monsieur et Madame
RÉHEPPES-BEURNES
ont le plaisir de fêter l'arrivée sur terre de leur fille
Aude

Monsieur et Madame
TOULEMONDE
se réjouissent d'annoncer la venue au monde de leur fils
Jean-Luc

Monsieur et Madame
MOISSATOUDESUITOUTU-PRANHUNECLAK
ont le bonheur de vous annoncer la naissance de leur fils
Don

Monsieur et Madame
SKEGRO
ont le plaisir de fêter l'arrivée sur terre de leur fille
Hillary

Monsieur et Madame
GATOR
sont heureux de vous faire part de la naissance de leur fils
Ali

Monsieur et Madame
STOAR
ont la joie de vous annoncer la naissance de leur fille
Kelly

Monsieur et Madame
TOUMI
ont le bonheur de vous annoncer la naissance de leur fille
Emma

Monsieur et Madame
SABORRE
sont très fiers de vous annoncer la naissance de leur fils
Émile

Monsieur et Madame
RAGE-ÉFERMÉ
se réjouissent d'annoncer la venue au monde de leur fille
Olga

Monsieur et Madame
ENMAI
ont le plaisir de fêter l'arrivée sur terre de leur fils
Milou

dame ont un fils

Monsieur et Madame

SAPIKSOULAKOUVE-AIRTUR

ont le bonheur de vous annoncer la naissance de leur fille

Sandra

Monsieur et Madame

GENTIKANMEME

ont la joie de vous annoncer la naissance de leur fille

Salomé

Monsieur et Madame

AIJES-RAIPETTE

sont très fiers de vous annoncer la naissance de leur fils

Jordy

Monsieur et Madame

RACKE

sont heureux de vous faire part de la naissance de leur fils

Éric

Monsieur et Madame
HINIMÉ DE VOIRMAMANT-HESKGEPEURGARDÉLATÉLÉ
se réjouissent d'annoncer la venue au monde de leur fils
Jeff

Monsieur et Madame
IÉNEMETUÉPA
ont le plaisir de fêter l'arrivée sur terre de leur fils
Pete

Monsieur et Madame
ATUDUKEUR
ont le bonheur de vous annoncer la naissance de leur fils
Rodrigue

Monsieur et Madame
ÉPOUZIX
ont la joie de vous annoncer la naissance de leur fille
Zézette

Monsieur et Madame
ÉZÉZETTE
sont très fiers de vous annoncer la naissance de leur fils
Félix

Monsieur et Madame
DANLÉFAUR
se réjouissent d'annoncer la venue au monde de leur fils
Constant

Monsieur et Madame
MÉYAPLU
ont le plaisir de fêter l'arrivée sur terre de leur fils
Yavhé

Monsieur et Madame
DU BEUROZALMAN
sont heureux de vous faire part de la naissance de leur fils
Yvan

Monsieur et Madame
KEGROS
ont le bonheur de vous annoncer la naissance de leur fille
Iris

Monsieur et Madame
QUAIRE
sont heureux de vous faire part de la naissance de leur fils
Jo

Monsieur et Madame
LEPINGOUIN
sont très fiers de vous annoncer la naissance de leur fils
Nestor

Monsieur et Madame
OAMINTENAN-TUPLEURAPLUTAR
ont la joie de vous annoncer la naissance de leur fille
Marthe

Monsieur et Madame
ALISELASI-TUASSIONE
se réjouissent d'annoncer la venue au monde de leur fils
Yann

Monsieur et Madame
NAIES
ont le plaisir de fêter l'arrivée sur terre de leur fille
Gaby

Monsieur et Madame
ROTULE
ont la joie de vous annoncer la naissance de leur fils
Peter

Monsieur et Madame
KUSONÉTORÉLEUR
sont heureux de vous faire part de la naissance de leur fils
Simon

Monsieur et Madame
KO
sont très fiers de vous annoncer la naissance de leur fils
Ben

Monsieur et Madame
KILANTRES
ont le plaisir de fêter l'arrivée sur terre de leur fille
Allison

Monsieur et Madame
TOUPIKÉPANDANKE-GEROUPIYÉ
ont le bonheur de vous annoncer la naissance de leur fille
Emma

Monsieur et Madame
RIYENAFER
se réjouissent d'annoncer la venue au monde de leur fils
Yavhé

dame ont une fille

Monsieur et Madame
DE KOKO
sont heureux de vous faire part de la naissance de leur fils
Noah

Monsieur et Madame
NOUALASSEVEGASSE
ont le bonheur de vous annoncer la naissance de leur fille
Marion

Monsieur et Madame
AUNEUR
ont la joie de vous annoncer la naissance de leur fils
Henkel

Monsieur et Madame
ANAFOUTRETAN-KONADUPONION
sont très fiers de vous annoncer la naissance de leur fils
Ken

Monsieur et Madame
CHÉBIENTAMAUBE
ont le plaisir de fêter l'arrivée sur terre de leur fils
Omar

Monsieur et Madame
TIKUL
se réjouissent d'annoncer la venue au monde de leur fille
Tess

Monsieur et Madame
HINTÉRAISSES
ont le bonheur de vous annoncer la naissance de leur fils
Sam

Monsieur et Madame
IMICHON
ont la joie de vous annoncer la naissance de leur fille
Fleur

dame ont un fils

Monsieur et Madame
LESPORSURFRANSDEUX
sont très fiers de vous annoncer la naissance de leur fils
Yves

Monsieur et Madame
IMANDAIDAN
sont heureux de vous faire part de la naissance de leur fille
Blanche

Monsieur et Madame
TATOUILLE
ont le plaisir de fêter l'arrivée sur terre de leur fille
Laura

Monsieur et Madame
AL EUFERLUIMEMESSI-LÉPAKONTAN
ont le bonheur de vous annoncer la naissance de leur fils
Isaac

Monsieur et Madame
CHONIFROI
se réjouissent d'annoncer la venue au monde de leur fille
Jenny

Monsieur et Madame
PALEFER
sont très fiers de vous annoncer la naissance de leur fils
José

Monsieur et Madame
ROÏDESSÉ DU RAPIDEUX
ont le plaisir de fêter l'arrivée sur terre de leur fille
Paula

Monsieur et Madame
UBTILKANTUVEUX
sont heureux de vous faire part de la naissance de leur fille
Tess

dame ont une fille

Monsieur et Madame

KI

se réjouissent d'annoncer la venue au monde de leur fils

Justin

Monsieur et Madame

BRIDOU

ont la joie de vous annoncer la naissance de leur fils

Justin

Monsieur et Madame

MENT-HABILLE

ont le bonheur de vous annoncer la naissance de leur fils

Raoul

Monsieur et Madame

DES POILOBRA

sont heureux de vous faire part de la naissance de leur fils

Nicolas

Monsieur et Madame
ANFÉKASSATETTE
ont la joie de vous annoncer la naissance de leur fille
Anne

Monsieur et Madame
NASTIC
sont heureux de vous faire part de la naissance de leur fils
Jim

Monsieur et Madame
ÉKIN-NOREVOAR
sont très fiers de vous annoncer la naissance de leur fils
Arsène

Monsieur et Madame
TAFREZE
se réjouissent d'annoncer la venue au monde de leur fils
Ramon

Monsieur et Madame
ERKANTONARIENADIR
ont le plaisir de fêter l'arrivée sur terre de leur fils
Faust

Monsieur et Madame
DENTOUSSÉZETA-KANTILAVOI
ont la joie de vous annoncer la naissance de leur fille
Salomé

Monsieur et Madame
INKOUSSAÏRAMIEU
se réjouissent d'annoncer la venue au monde de leur fils
Pete

Monsieur et Madame
KAPÉTÉ
sont heureux de vous faire part de la naissance de leur fils
Tcheky

Monsieur et Madame
UMPEUSSANOUFRA D'ÉVACANSSE
sont très fiers de vous annoncer la naissance de leur fils
Titouan

Monsieur et Madame
URSAMOBE
sont heureux de vous faire part de la naissance de leur fils
Alphonse

Monsieur et Madame
MÉLO
se réjouissent d'annoncer la venue au monde de leur fille
Amélie

Monsieur et Madame
BI
ont la joie de vous annoncer la naissance de leur fils
Ali

dame ont une fille

Monsieur et Madame
TOURMIAN-NORDRE
sont très fiers de vous annoncer la naissance de leur fille
Irma

Monsieur et Madame
DUTAN
ont le plaisir de fêter l'arrivée sur terre de leur fils
Honoré

Monsieur et Madame
STARDETON-NISTOAR
sont heureux de vous faire part de la naissance de leur fils
Alain

Monsieur et Madame
OUJOURTOU-SAVOAR
ont le bonheur de vous annoncer la naissance de leur fille
Yvette

Monsieur et Madame
TALLEMENT
ont le bonheur de vous annoncer la naissance de leur fille
Marie

Monsieur et Madame
NICHONIFROIS
se réjouissent d'annoncer la venue au monde de leur fils
Humphrey

Monsieur et Madame
OULTOULÉSOIRRE
ont la joie de vous annoncer la naissance de leur fils
James

Monsieur et Madame
LE DÉPIKSSOU
sont heureux de vous faire part de la naissance de leur fille
Dona

Monsieur et Madame

NONCÉNON

ont le plaisir de fêter l'arrivée sur terre de leur fille

Sissi

Monsieur et Madame

AHOR D'HURE

sont très fiers de vous annoncer la naissance de leur fils

Ben

Monsieur et Madame

STEPA

se réjouissent d'annoncer la venue au monde de leur fille

Nancy

Monsieur et Madame

DE TOUÉDERIEN

ont la joie de vous annoncer la naissance de leur fils

Henri

Monsieur et Ma

Monsieur et Madame
SATOURNE
sont heureux de vous faire part de la naissance de leur fils
Cicéron

Monsieur et Madame
LUISKILVEU
ont le bonheur de vous annoncer la naissance de leur fils
Dan

Monsieur et Madame
TOICHODEMAN
ont le plaisir de fêter l'arrivée sur terre de leur fils
Abby

Monsieur et Madame
EUPINLAVOITE-URES
ont la joie de vous annoncer la naissance de leur fils
Eymar

Monsieur et Madame

NEDEFOIS DE VAUX L'AŸ

sont très fiers de vous annoncer la naissance de leur fils

Terry

Monsieur et Madame

ÉBONBONKIKOLOPAPIÉ

sont heureux de vous faire part de la naissance de leur fils

Gilles

Monsieur et Madame

MÉGÉOU-BLIER

se réjouissent d'annoncer la venue au monde de leur fils

Jésus

Monsieur et Madame

IONDEDOLARRE

ont le bonheur de vous annoncer la naissance de leur fille

Sybil

Monsieur et Madame
CÉPAKARÉ
ont le plaisir de fêter l'arrivée sur terre de leur fils
Cicéron

Monsieur et Madame
PATÉSALPATSURMONMANTO
ont le plaisir de fêter l'arrivée sur terre de leur fils
Mahomet

Monsieur et Madame
TUMERAN-INSERVISS
sont heureux de vous faire part de la naissance de leur fils
Foulques

Monsieur et Madame
TUKI
sont très fiers de vous annoncer la naissance de leur fils
Ken

Monsieur et Madame
METOUTELÉNUIS
ont la joie de vous annoncer la naissance de leur fils
Isidor

Monsieur et Madame
FÉVOIR DE TOUTELÉKOULEUR
sont très fiers de vous annoncer la naissance de leur fille
Iman

Monsieur et Madame
TIK
ont le bonheur de vous annoncer la naissance de leur fille
Luna

Monsieur et Madame
ÉDAVINA
se réjouissent d'annoncer la venue au monde de leur fille
Véronique

Monsieur et Madame
SKEDANBAVÉ
ont la joie de vous annoncer la naissance de leur fils
Harry

Monsieur et Madame
OUROUKOA
sont très fiers de vous annoncer la naissance de leur fille
Tess

Monsieur et Madame
ÉKEDÉKONNERY
ont le plaisir de fêter l'arrivée sur terre de leur fils
Jeff

Monsieur et Madame
VRONEYEUX
ont le bonheur de vous annoncer la naissance de leur fille
Kelly

Monsieur et Madame
TAITOULASSOIRÉ
ont la joie de vous annoncer la naissance de leur fils
Jaïro

Monsieur et Madame
UNKALSON-HÉGEARIV
sont heureux de vous faire part de la naissance de leur fils
Jean-Phil

Monsieur et Madame
DAFAIES
se réjouissent d'annoncer la venue au monde de leur fils
Otto

Monsieur et Madame
SANFRAPET
ont le plaisir de fêter l'arrivée sur terre de leur fils
André

Monsieur et Madame
HUARD
sont heureux de vous faire part de la naissance de leur fils
Stéphane

Monsieur et Madame
HEZY
ont la joie de vous annoncer la naissance de leur fils
Al

Monsieur et Madame
LINPRESSIONDAVOIRVUHUNROMINET
sont très fiers de vous annoncer la naissance de leur fils
Jérôme

Monsieur et Madame
O'GRANPIÉ
se réjouissent d'annoncer la venue au monde de leur fille
Berthe

Monsieur et Madame

HIMPIMPEINT

ont le bonheur de vous annoncer la naissance de leur fille

Perle

Monsieur et Madame

TOKILÉBON

ont le plaisir de fêter l'arrivée sur terre de leur fille

Olga

Monsieur et Madame

PASSURMAIPOMPES

sont heureux de vous faire part de la naissance de leur fille

Honorine

Monsieur et Madame

BINETAQUASSETTES

sont très fiers de vous annoncer la naissance de leur fils

Rambo

Monsieur et Ma

Monsieur et Madame
FONFECK
ont la joie de vous annoncer la naissance de leur fille
Sophie

Monsieur et Madame
KONSTITUSSIONELMAN
se réjouissent d'annoncer la venue au monde de leur fils
Andy

Monsieur et Madame
SONBELABY
ont le bonheur de vous annoncer la naissance de leur fils
Abdelamid

Monsieur et Madame
KANTONLATOUCHES
ont le plaisir de fêter l'arrivée sur terre de leur fils
Harry

Monsieur et Madame
MENTERRE
ont la joie de vous annoncer la naissance de leur fils
Rudy

Monsieur et Madame
METOUJOURKANTIJOU
sont très fiers de vous annoncer la naissance de leur fils
Hippo

Monsieur et Madame
VÉDUTOURSSAISURLÉCHAMZÉLISÉ
ont le bonheur de vous annoncer la naissance de leur fils
Larry

Monsieur et Madame
BARKESSAMARAPORTAIES
sont heureux de vous faire part de la naissance de leur fils
Laurent

Monsieur et Madame
ZÉES
ont le plaisir de fêter l'arrivée sur terre de leur fille
Barbara

Monsieur et Madame
ALARIERE DE LAERDOUZAKOZ-DUCHIEN
se réjouissent d'annoncer la venue au monde de leur fils
Amadeus

Monsieur et Madame
KAPRANDRE
ont la joie de vous annoncer la naissance de leur fils
Boris

Monsieur et Madame
ZYEUBLEUT
ont le bonheur de vous annoncer la naissance de leur fils
Bruno

Monsieur et Madame
AIRATATAISE
sont très fiers de vous annoncer la naissance de leur fille
Jade

Monsieur et Madame
OILAVIANRAUZE
ont le bonheur de vous annoncer la naissance de leur fille
Ève

Monsieur et Madame
ICHINELLE
ont le plaisir de fêter l'arrivée sur terre de leur fils
Paul

Monsieur et Madame
KASSION
sont heureux de vous faire part de la naissance de leur fille
Claudie

Monsieur et Madame
ORTOISSITUVEUAVOIRTONBAK
sont heureux de vous faire part de la naissance de leur fille
Amélie

Monsieur et Madame
BIDEFERSA-KOMME
ont la joie de vous annoncer la naissance de leur fils
César

Monsieur et Madame
OLITEPANDENK-TULTIEN
sont très fiers de vous annoncer la naissance de leur fils
Jean-Philippe

Monsieur et Madame
POULÉKALSONSSAIPAREÏ
se réjouissent d'annoncer la venue au monde de leur fille
Leslie

Monsieur et Madame
ÂGE
ont le bonheur de vous annoncer la naissance de leur fille
Karen

Monsieur et Madame
DANTITAIES
ont le plaisir de fêter l'arrivée sur terre de leur fille
Cathy

Monsieur et Madame
SIONERE
ont la joie de vous annoncer la naissance de leur fils
Dick

Monsieur et Madame
LECOMMUN-DAINGUES
ont le bonheur de vous annoncer la naissance de leur fils
Hiro

Monsieur et Madame
MONBAR
ont le plaisir de fêter l'arrivée sur terre de leur fils
Ray

Monsieur et Madame
HAIL
sont très fiers de vous annoncer la naissance de leur fils
Nick

Monsieur et Madame
UPBARBATRUC
ont le bonheur de vous annoncer la naissance de leur fille
Ulla

Monsieur et Madame
GURESSEBOMUZÉ
ont la joie de vous annoncer la naissance de leur fils
Gino

dame ont un fils

Monsieur et Madame

INGUENFEU

sont heureux de vous faire part de la naissance de leur fils

Karl

Monsieur et Madame

LESSITRAN

se réjouissent d'annoncer la venue au monde de leur fille

Rika

Monsieur et Madame

UVEUK-JIFASSE

ont le plaisir de fêter l'arrivée sur terre de leur fille

Kate

Monsieur et Madame

RIHUN-NAVOIRDANSSETTISTOAR

sont très fiers de vous annoncer la naissance de leur fille

Gina

Monsieur et Madame
RIZASSIONDESEAURTIREDUTAIRITOIRRES
sont heureux de vous faire part de la naissance de leur fils
Otto

Monsieur et Madame
IONCHAR-KUTERY
sont très fiers de vous annoncer la naissance de leur fils
Ray

Monsieur et Madame
D'HERNIÉVERALOR
ont le bonheur de vous annoncer la naissance de leur fils
Justin

Monsieur et Madame
POSITO-ARR
ont la joie de vous annoncer la naissance de leur fille
Sue

Monsieur et Madame

SINNY

ont le plaisir de fêter l'arrivée sur terre de leur fils

Abby

Monsieur et Madame

PINNES-RENO

ont le bonheur de vous annoncer la naissance de leur fils

Al

Monsieur et Madame

PEGUE

ont le plaisir de fêter l'arrivée sur terre de leur fille

Winnie

Monsieur et Madame

O'LEXAIKASSÉ

sont très fiers de vous annoncer la naissance de leur fils

Omar

Monsieur et Madame
ZISSTE
se réjouissent d'annoncer la venue au monde de leur fils
Ray

Monsieur et Madame
BRAPA DE CHOKOLA
ont le bonheur de vous annoncer la naissance de leur fils
Pat

Monsieur et Madame
AITAI-HIFÉCHO
sont heureux de vous faire part de la naissance de leur fille
Anne

Monsieur et Madame
PORATIONDO
ont la joie de vous annoncer la naissance de leur fille
Eva

dame ont un fils

Monsieur et Madame
ANTAGE
ont le plaisir de fêter l'arrivée sur terre de leur fils
Dave

Monsieur et Madame
CHEVICK
ont le bonheur de vous annoncer la naissance de leur fils
Paul

Monsieur et Madame
HÉMIEN
ont la joie de vous annoncer la naissance de leur fille
Bo

Monsieur et Madame
NALINE
sont très fiers de vous annoncer la naissance de leur fils
André

Monsieur et Madame
DAMITILLÉ
se réjouissent d'annoncer la venue au monde de leur fils
Marc

Monsieur et Madame
OIRIENSANSÉLU-NAITE
ont le plaisir de fêter l'arrivée sur terre de leur fils
Yves

Monsieur et Madame
ZONDAITA
ont le bonheur de vous annoncer la naissance de leur fils
Ray

Monsieur et Madame
ABLÉHANPLIN DES ZERS
sont heureux de vous faire part de la naissance de leur fils
Hans

Monsieur et Madame
FOURNOT
ont la joie de vous annoncer la naissance de leur fils
Léo

Monsieur et Madame
HORLESAPPEINT
ont le bonheur de vous annoncer la naissance de leur fils
Dick

Monsieur et Madame
OAIKAÏAQUES
sont très fiers de vous annoncer la naissance de leur fils
Ken

Monsieur et Madame
AROFRIGO
sont heureux de vous faire part de la naissance de leur fils
Amalric

Monsieur et Madame

FOC

ont le plaisir de fêter l'arrivée sur terre de leur fils

Loup

Monsieur et Madame

TIKHERR

ont le bonheur de vous annoncer la naissance de leur fils

Mousse

Monsieur et Madame

TOIQUONVENABLEUMAN

se réjouissent d'annoncer la venue au monde de leur fils

Abby

Monsieur et Madame

ONSSATOU

ont la joie de vous annoncer la naissance de leur fille

Reine

Monsieur et Madame

DI

ont le plaisir de fêter l'arrivée sur terre de leur fils

Léon

Monsieur et Madame

BOZILLEU

ont le bonheur de vous annoncer la naissance de leur fils

Ted

Monsieur et Madame

NERVE

ont la joie de vous annoncer la naissance de leur fils

Aimé

Monsieur et Madame

TAITICOPOÇIBLE

sont heureux de vous faire part de la naissance de leur fille

Inès

Monsieur et Madame
NIEUDUDOIS
ont le bonheur de vous annoncer la naissance de leur fille
Daisy

Monsieur et Madame
MIÉPOURJE-HOUER
sont très fiers de vous annoncer la naissance de leur fille
Gilda

Monsieur et Madame
RECHIABSAULLUE
ont le plaisir de fêter l'arrivée sur terre de leur fille
Mona

Monsieur et Madame
RIVETOU DE SUITTES
se réjouissent d'annoncer la venue au monde de leur fille
Elsa

dame ont une fille

Monsieur et Madame

POZOMAKTIFF

ont la joie de vous annoncer la naissance de leur fille

Ollie

Monsieur et Madame

MISOPOING

sont heureux de vous faire part de la naissance de leur fille

Justine

Monsieur et Madame

SAVEKLÉLOU

ont le bonheur de vous annoncer la naissance de leur fils

Dan

Monsieur et Madame

DARIVER

ont le plaisir de fêter l'arrivée sur terre de leur fille

Line

Monsieur et Madame
LES HEAUMES
sont très fiers de vous annoncer la naissance de leur fils
Lino

Monsieur et Madame
IDÉ
ont la joie de vous annoncer la naissance de leur fils
Miguel

Monsieur et Madame
TUASSION-HÉGRAVEMÉPA DES ZESPAIRER
se réjouissent d'annoncer la venue au monde de leur fille
Lassie

Monsieur et Madame
DUNOUVO
ont le plaisir de fêter l'arrivée sur terre de leur fille
Ella

dame ont un fils

Monsieur et Madame

LUBERT-LHUES

ont le bonheur de vous annoncer la naissance de leur fils

Jules

Monsieur et Madame

RAGANDY

ont la joie de vous annoncer la naissance de leur fille

Indy

Monsieur et Madame

BOMMES DE PHAMIYE

ont le plaisir de fêter l'arrivée sur terre de leur fils

Al

Monsieur et Madame

HOIRENTRÉAVAN-MINNEHUIS

ont le bonheur de vous annoncer la naissance de leur fille

Jade

Monsieur et Madame
IMPORTEKOA
se réjouissent d'annoncer la venue au monde de leur fille
Tiphaine

Monsieur et Madame
LEOMMES
ont le plaisir de fêter l'arrivée sur terre de leur fils
Pietro

Monsieur et Madame
TASSIONTRAN-SANDENTAL
sont heureux de vous faire part de la naissance de leur fils
Medhi

Monsieur et Madame
MOISSAPOUREVOIR
sont très fiers de vous annoncer la naissance de leur fille
Mérédith

dame ont une fille

Monsieur et Madame
DE FUITT
ont la joie de vous annoncer la naissance de leur fille
Delly

Monsieur et Madame
FASSES
se réjouissent d'annoncer la venue au monde de leur fils
Pilou

Monsieur et Madame
LAX
sont très fiers de vous annoncer la naissance de leur fils
Thierry

Monsieur et Madame
UVEU
ont le bonheur de vous annoncer la naissance de leur fils
Kent

Monsieur et Madame
LO
sont heureux de vous faire part de la naissance de leur fils
Ringo

Monsieur et Madame
ZELLES
ont le plaisir de fêter l'arrivée sur terre de leur fils
Bret

Monsieur et Madame
OILAVITRE
ont la joie de vous annoncer la naissance de leur fille
Annette

Monsieur et Madame
RAY
sont heureux de vous faire part de la naissance de leur fille
Mina

Monsieur et Madame
RITE-DÊTREVRAI
ont le bonheur de vous annoncer la naissance de leur fille
Salomé

Monsieur et Madame
LANLADEMEURS
ont le plaisir de fêter l'arrivée sur terre de leur fille
Perry

Monsieur et Madame
VOU
sont très fiers de vous annoncer la naissance de leur fils
Mathew

Monsieur et Madame
PABIENRGARDER
se réjouissent d'annoncer la venue au monde de leur fils
Thomas

Monsieur et Madame
KOMANSS-EULUILA
ont la joie de vous annoncer la naissance de leur fille
Isabelle

Monsieur et Madame
TOIDETÉZONION
ont le bonheur de vous annoncer la naissance de leur fils
Mel

Monsieur et Madame
MILFOAMERSSY
sont heureux de vous faire part de la naissance de leur fille
Marcy

Monsieur et Madame
YEVO
ont le plaisir de fêter l'arrivée sur terre de leur fille
Sarah

dame ont une fille

Monsieur et Madame

PALAVOIX-TURRE

sont très fiers de vous annoncer la naissance de leur fille

Mireille

Monsieur et Madame

PLUSSE

ont la joie de vous annoncer la naissance de leur fils

Ken-Al

Monsieur et Madame

LIZASSION

ont le bonheur de vous annoncer la naissance de leur fille

Norma

Monsieur et Madame

POMP

sont heureux de vous faire part de la naissance de leur fille

Circé

Monsieur et Ma

Monsieur et Madame
CISME
se réjouissent d'annoncer la venue au monde de leur fils
Marc

Monsieur et Madame
NISSEMEUX
ont le plaisir de fêter l'arrivée sur terre de leur fils
Lenny

Monsieur et Madame
LAMEUFFES
sont très fiers de vous annoncer la naissance de leur fils
Matt

Monsieur et Madame
NIETTE
ont la joie de vous annoncer la naissance de leur fille
Laure

Monsieur et Madame
ZISS-HION
ont le bonheur de vous annoncer la naissance de leur fils
Ricky

Monsieur et Madame
MAINTES-HEUNAN
ont le plaisir de fêter l'arrivée sur terre de leur fille
Stacey

Monsieur et Madame
HERTA-JOA
ont le bonheur de vous annoncer la naissance de leur fille
Maud

Monsieur et Madame
EINSTEIN
sont heureux de vous faire part de la naissance de leur fils
Franck

Monsieur et Ma

Monsieur et Madame
ABA
ont la joie de vous annoncer la naissance de leur fils
Bart

Monsieur et Madame
VEDERSHI
ont le bonheur de vous annoncer la naissance de leur fils
Harry

Monsieur et Madame
CHAITE
ont le plaisir de fêter l'arrivée sur terre de leur fille
Barbie

Monsieur et Madame
HÉMÉMÉ
se réjouissent d'annoncer la venue au monde de leur fils
Pépé

Monsieur et Madame

YAJIHAIR

sont très fiers de vous annoncer la naissance de leur fille

Sue-Ellen

Monsieur et Madame

DANPLOUA

sont heureux de vous faire part de la naissance de leur fille

Maud

Monsieur et Madame

ÉSILVETT

ont le bonheur de vous annoncer la naissance de leur fils

Sylvain

Monsieur et Madame

SEURELBALBEUR

ont le plaisir de fêter l'arrivée sur terre de leur fille

Ida

Monsieur et Madame
HÉLICE DE KAPOU
ont la joie de vous annoncer la naissance de leur fille
Aude

Monsieur et Madame
O'LEFOUX
ont le bonheur de vous annoncer la naissance de leur fils
Pierre

Monsieur et Madame
FRIGOTOUSS-KETAPRY
se réjouissent d'annoncer la venue au monde de leur fils
Roméo

Monsieur et Madame
ÉAULY
sont heureux de vous faire part de la naissance de leur fille
Ondine

dame ont un fils

Monsieur et Madame

JEZAN-HANKORINPEUT

ont le bonheur de vous annoncer la naissance de leur fils

Armand

Monsieur et Madame

NIBAI

se réjouissent d'annoncer la venue au monde de leur fille

Daisy

Monsieur et Madame

VETOUJOURANRTAR

sont heureux de vous faire part de la naissance de leur fille

Hillary

Monsieur et Madame

SILÉNER

sont très fiers de vous annoncer la naissance de leur fils

Sam

Monsieur et Ma

Monsieur et Madame
DALOR
ont le plaisir de fêter l'arrivée sur terre de leur fils
Omer

Monsieur et Madame
SKULÉ
ont la joie de vous annoncer la naissance de leur fille
Emma

Monsieur et Madame
ACQUEU-L'ŒULEUX
ont le plaisir de fêter l'arrivée sur terre de leurs fils
Al

Monsieur et Madame
GUEVARAYADUTABA
sont très fiers de vous annoncer la naissance de leur fils
Che

Monsieur et Madame
ADONÉHUNEBONELESSON
sont heureux de vous faire part de la naissance de leur fille
Sally

Monsieur et Madame
O'BALKONPACOTISON
se réjouissent d'annoncer la venue au monde de leur fils
Noël

Monsieur et Madame
DUSSELDANLÉPATATT
ont la joie de vous annoncer la naissance de leur fils
Jérémy

Monsieur et Madame
KON-NAPAZU
ont le plaisir de fêter l'arrivée sur terre de leur fille
Marcelle

Monsieur et Ma

Monsieur et Madame
KAPARESTÉ
ont le bonheur de vous annoncer la naissance de leur fils
Xavier

Monsieur et Madame
TAMAYORAJOUTE DE LUILLES
sont très fiers de vous annoncer la naissance de leur fille
Elvire

Monsieur et Madame
PENNYPENSSER
sont heureux de vous faire part de la naissance de leur fils
Joshua

Monsieur et Madame
SUIHANCORSALLI
se réjouissent d'annoncer la venue au monde de leur fils
James

dame ont un fils

Monsieur et Madame
MÉPADROLPOUROTAN
sont très fiers de vous annoncer la naissance de leur fils
Patrice

Monsieur et Madame
AZARAÏ
ont la joie de vous annoncer la naissance de leur fils
Rick

Monsieur et Madame
REBOUR
ont le bonheur de vous annoncer la naissance de leur fils
Gunthart

Monsieur et Madame
PAPÉNÉTRATION
sont heureux de vous faire part de la naissance de leur fils
Patrick

Monsieur et Madame
CLOS DE BOURRÉ
se réjouissent d'annoncer la venue au monde de leur fils
Jean

Monsieur et Madame
BROUSSAÏMÉSSAREPOUCE
ont le plaisir de fêter l'arrivée sur terre de leur fils
André

Monsieur et Madame
SOUSOKUN PRÉTEXTE
sont très fiers de vous annoncer la naissance de leur fils
Béranger

Monsieur et Madame
GÉPAPÉTÉ
ont la joie de vous annoncer la naissance de leur fille
Manon

Monsieur et Madame
TCHATCHO
ont le bonheur de vous annoncer la naissance de leur fils
Helmut

Monsieur et Madame
INÉKIMANBETTE
ont le plaisir de fêter l'arrivée sur terre de leur fils
Jérôme

Monsieur et Madame
BOTEPOURALÉALAPÊCHOMOULE
ont le bonheur de vous annoncer la naissance de leur fils
Amédée

Monsieur et Madame
MANSECSUELLE
sont heureux de vous faire part de la naissance de leur fils
Arsène

Monsieur et Madame
UNEDROL D'AMBILLANSISSI
ont la joie de vous annoncer la naissance de leur fille
Irène

Monsieur et Madame
KIFÉLAFAME
ont le bonheur de vous annoncer la naissance de leur fille
Célimène

Monsieur et Madame
HAIE-AVEKNOUSSAMFRÉPLÉZIR
sont heureux de vous faire part de la naissance de leur fils
Steven

Monsieur et Madame
AKIDIKILLÉ
ont le plaisir de fêter l'arrivée sur terre de leur fille
Cécile

dame ont un fils

Monsieur et Madame

TROUMFF

sont très fiers de vous annoncer la naissance de leur fils

Lech

Monsieur et Madame

BATÉPLUZALÈSE

ont la joie de vous annoncer la naissance de leur fille

Angéla

Monsieur et Madame

MISOU

ont le bonheur de vous annoncer la naissance de leur fils

Misou

Monsieur et Madame

NILOI

sont heureux de vous faire part de la naissance de leur fils

François

Monsieur et Madame
NIRIDOALAFENAITRE
se réjouissent d'annoncer la venue au monde de leur fils
Nestor

Monsieur et Madame
KIVIENDÎNERCESOIR
ont le plaisir de fêter l'arrivée sur terre de leur fils
Kevin

Monsieur et Madame
US
sont très fiers de vous annoncer la naissance de leur fille
Emma

Monsieur et Madame
LIGOTMI
ont la joie de vous annoncer la naissance de leur fils
Youri

dame ont une fille

Monsieur et Madame
JÉLÉMAIMALAMAISON
ont le `bonheur de vous annoncer la naissance de leur fils
Léon

Monsieur et Madame
DÉSARTISTE
ont le plaisir de fêter l'arrivée sur terre de leur fille
Gala

Monsieur et Madame
O'RENDÉVOUX
ont le bonheur de vous annoncer la naissance de leur fils
Fidel

Monsieur et Madame
KONTOUPOURPLAIR
sont heureux de vous faire part de la naissance de leur fils
Moshe

Monsieur et Madame
AINKOUFIN
ont la joie de vous annoncer la naissance de leur fils
Pat

Monsieur et Madame
PATABLOUSE
ont le bonheur de vous annoncer la naissance de leur fille
Sally

Monsieur et Madame
EUFÉLEKOU-TOULÉZAN
sont heureux de vous faire part de la naissance de leur fils
Elmer

Monsieur et Madame
VOUHELKABACHE
ont le plaisir de fêter l'arrivée sur terre de leur fils
Thésée

dame ont un fils

Monsieur et Madame
ÉLÉGARSON
sont très fiers de vous annoncer la naissance de leur fille
Hélène

Monsieur et Madame
RINEKIKOULE
ont la joie de vous annoncer la naissance de leur fille
Tatiana

Monsieur et Madame
SLÉDÉ
ont le bonheur de vous annoncer la naissance de leur fils
Roland

Monsieur et Madame
BARCÈMIEUKIN
sont heureux de vous faire part de la naissance de leur fils
Denis

Monsie

Mad

nt un.

II
A l'Envers
...

Monsieur et Madame
KANSÉDONÉ
sont heureux de vous faire part de la naissance de leur fille
Sidonie

Monsieur et Madame
UILDA
ont le plaisir de fêter l'arrivée sur terre de leur fils
Rachid

Monsieur et Madame
GLOUG
ont la joie de vous annoncer la naissance de leur fils
Loup

Monsieur et Madame
RABHIE
sont très fiers de vous annoncer la naissance de leur fils
Jacob

dame ont un fils

Monsieur et Madame
GÉLACHÉHUNE
ont le bonheur de vous annoncer la naissance de leur fille
Prune

Monsieur et Madame
LASSICHIEN
sont heureux de vous faire part de la naissance de leur fils
Fidel

Monsieur et Madame
ELLAHUMBOT
se réjouissent d'annoncer la venue au monde de leur fils
Luc

Monsieur et Madame
PIMEPAME
ont la joie de vous annoncer la naissance de leur fille
Pomme

Monsieur et Madame
BOULET
ont le plaisir de fêter l'arrivée sur terre de leur fils
Bill

Monsieur et Madame
FORCOMMUN
ont le bonheur de vous annoncer la naissance de leur fils
Roch

Monsieur et Madame
SAO
ont le plaisir de fêter l'arrivée sur terre de leur fils
Paulo

Monsieur et Madame
LALAITRA
ont la joie de vous annoncer la naissance de leur fille
Élise

dame ont une fille

Monsieur et Madame

TUMAHAINE

ont la joie de vous annoncer la naissance de leur fils

Hervé

Monsieur et Madame

ÇÉPA

sont très fiers de vous annoncer la naissance de leur fille

Claire

Monsieur et Madame

MOUSH

ont le plaisir de fêter l'arrivée sur terre de leur fils

Ahmed

Monsieur et Madame

KEVETUKELA

se réjouissent d'annoncer la venue au monde de leur fils

Boniface

Monsieur et Ma

Monsieur et Madame

GARCIN

ont le bonheur de vous annoncer la naissance de leur fils

Lazare

Monsieur et Madame

ALONZI

ont le plaisir de fêter l'arrivée sur terre de leur fils

Alonzo

Monsieur et Madame

NIWI

sont heureux de vous faire part de la naissance de leur fille

Ninon

Monsieur et Madame

KOKILLESAINT

ont la joie de vous annoncer la naissance de leur fils

Jacques

dame ont un fils

Monsieur et Madame
EUREUKIKOM
ont le bonheur de vous annoncer la naissance de leur fils
Ulysse

Monsieur et Madame
LATRUITT-DEUCH
sont très fiers de vous annoncer la naissance de leur fils
Hubert

Monsieur et Madame
TALARON
ont le plaisir de fêter l'arrivée sur terre de leur fille
Delphine

Monsieur et Madame
GUILIGUE
sont heureux de vous faire part de la naissance de leur fils
Illie

Monsieur et Madame
DENILAME
se réjouissent d'annoncer la venue au monde de leur fille
Alice

Monsieur et Madame
JÉFÉSSIENCEPO
ont le plaisir de fêter l'arrivée sur terre de leur fille
Héléna

Monsieur et Madame
LAISSE
sont très fiers de vous annoncer la naissance de leur fille
Moumoune

Monsieur et Madame
CÉLAMÈRE
ont la joie de vous annoncer la naissance de leur fils
Michel

dame ont une fille

Monsieur et Madame

CHOUETTA

ont le bonheur de vous annoncer la naissance de leur fille

Laure

Monsieur et Madame

JÈMEKANTU

ont le plaisir de fêter l'arrivée sur terre de leur fille

Sue-Ellen

Monsieur et Madame

GÉLACHÉHUNE

ont le bonheur de vous annoncer la naissance de leur fille

Perle

Monsieur et Madame

CASQUE

sont heureux de vous faire part de la naissance de leur fille

Ruth

et

on

III
En
Chansons

...

Monsieur et Madame

BIBAPE

se réjouissent d'annoncer la venue au monde de leur fille

Lola

Monsieur et Madame

CHEDUPALEZ

ont le plaisir de fêter l'arrivée sur terre de leur fils

Omar

Monsieur et Madame

ÉJÉCRILLAIE

ont le bonheur de vous annoncer la naissance de leur fille

Aline

Monsieur et Madame

MUCHO

ont la joie de vous annoncer la naissance de leur fille

Bethsabée

Monsieur et Madame
ÉTIENNETTYHAINE
sont très fiers de vous annoncer la naissance de leur fils
Étienne

Monsieur et Madame
MANUREVA
sont heureux de vous faire part de la naissance de leur fils
Manu

Monsieur et Madame
MANONTATATATATA
se réjouissent d'annoncer la venue au monde de leur fille
Manon

Monsieur et Madame
AHAHAHAHAHAHAHAHA
ont le plaisir de fêter l'arrivée sur terre de leur fille
Vanina

Monsieur et Madame
CETTENANALA
ont le bonheur de vous annoncer la naissance de leurs enfants
Jean et Marthe

Monsieur et Madame
DE MEVOIRSIBELANSSEMIROAR
ont la joie de vous annoncer la naissance de leur fils
Jerry

Monsieur et Madame
BOUMBOUMBOUM
sont très fiers de vous annoncer la naissance de leur fils
Tcheky

Monsieur et Madame
AMORYAMOR
se réjouissent d'annoncer la venue au monde de leur fils
Amaury

Monsieur et Madame
VOULUAITRIN-NARTIST
ont le plaisir de fêter l'arrivée sur terre de leur fils
Youri

Monsieur et Madame
BOARUMPETIKOUALAMÉZON
sont heureux de vous faire part de la naissance de leur fille
Olivia

Monsieur et Madame
MIZESANPENTALLONS
ont le bonheur de vous annoncer la naissance de leur fils
Sancho

Monsieur et Madame
OUATEKELPRAIFERRES
sont heureux de vous faire part de la naissance de leur fille
Sheila

Monsieur et Madame
RODEGAINE
sont très fiers de vous annoncer la naissance de leur fils
Enzo

Monsieur et Madame
CÉÇUILA
ont la joie de vous annoncer la naissance de leur fils
Micky

Monsieur et Madame
BELBELBELKOMLEJOUR
se réjouissent d'annoncer la venue au monde de leur fille
Belle

Monsieur et Madame
TEWORIBIAPI
ont le plaisir de fêter l'arrivée sur terre de leur fils
Don

Monsieur et Madame
LETACSY
ont la joie de vous annoncer la naissance de leur fils
Joe

Monsieur et Madame
FONTAINE
sont heureux de vous faire part de la naissance de leur fille
Ella-Claire

Monsieur et Madame
AIRATAUKANTABILÉ
sont très fiers de vous annoncer la naissance de leur fille
Maud

Monsieur et Madame
ÉLIZÉPAMPAMPAMPAMPAM
ont le plaisir de fêter l'arrivée sur terre de leurs enfants
Aude, Jean

Monsieur et Madame
BIJOBA
ont la joie de vous annoncer la naissance de leur fils
Joe

Monsieur et Madame
RIENDERIEN
sont très fiers de vous annoncer la naissance de leur fille
Manon

Monsieur et Madame
MINN-IMOMM
sont heureux de vous faire part de la naissance de leur fille
Minnie

Monsieur et Madame
REGRAIE-THERIEN
se réjouissent d'annoncer la venue au monde de leur fille
Jenny

Monsieur et Madame
PSICKING
ont la joie de vous annoncer la naissance de leur fils
Guy

Monsieur et Madame
BAILLEMI
ont le plaisir de fêter l'arrivée sur terre de leur fils
Stan

Monsieur et Madame
SEAUNE
ont le bonheur de vous annoncer la naissance de leur fils
Pépito-Nicolas

Monsieur et Madame
APECHO-MOUL
sont très fiers de vous annoncer la naissance de leur fils
Al

Monsieur et Madame
ZHA
sont heureux de vous faire part de la naissance de leur fils
Laziz

Monsieur et Madame
BADABA D'HA
se réjouissent d'annoncer la venue au monde de leur fils
Sacha

Monsieur et Madame
DU QUILLYMAN DE JARROT
ont la joie de vous annoncer la naissance de leur fille
Neige

Monsieur et Madame
FÉHINBAIE-BÉTOUTSEULLES
ont le bonheur de vous annoncer la naissance de leur fille
Ella

Monsieur et Madame
PLUTUNA-PACHANGÉ
sont très fiers de vous annoncer la naissance de leur fille
Toinon

Monsieur et Madame
O'MAGUIVOILAMAGUI
ont la joie de vous annoncer la naissance de leur fille
Maguy

Monsieur et Madame
IDAMOUR MOULOUDI DE LAGEUNESSE
ont le bonheur de vous annoncer la naissance de leur fils
Mouloud

Monsieur et Madame
LATÉLÉ-HÉPIDOR
sont heureux de vous faire part de la naissance de leur fille
Agathe

Monsie

Mad

IV
A Plusieurs
…

Monsieur et Madame
ULLEZ
sont heureux de vous faire part de la naissance de leurs enfants
Yvon et Jacques

Monsieur et Madame
HATTE
ont le bonheur de vous annoncer la naissance de leurs enfants
Tom et Pat

Monsieur et Madame
VERSAIRES
ont la joie de vous annoncer la naissance de leurs enfants
Elsa, Rose, Laure, Annie

Monsieur et Madame
FROA
sont très fiers de vous annoncer la naissance de leurs enfants
Sylva, Aude, Anne, Marc, Samson, Gilles et Laura

dame ont un fils

Monsieur et Madame
DUPOSSE-HIBLES
ont le plaisir de fêter l'arrivée sur terre de leurs filles
Aude, Ella

Monsieur et Madame
DE MAIGEMESOINIEUX
se réjouissent d'annoncer la venue au monde de leurs enfants
Jessy, Timmy

Monsieur et Madame
NERAIE
ont le bonheur de vous annoncer la naissance de leurs enfants
Sam et Tom

Monsieur et Madame
POUBEL
ont la joie de vous annoncer la naissance de leurs enfants
David, Ella

Monsieur et Madame
NAMASSPAMOUSS
sont très fiers de vous annoncer la naissance de leurs fils
Pierre, Guy, Raoul

Monsieur et Madame
OL
sont heureux de vous faire part de la naissance de leurs filles
Jenny, Lydia, Beth, Nicole, Esther

Monsieur et Madame
ENFAN
ont le plaisir de fêter l'arrivée sur terre de leurs filles
Hélène et Ludivine

Monsieur et Madame
NUMAIREAUX
ont le bonheur de vous annoncer la naissance de leurs enfants
Emma, Dick, Eva, Pat, Philémon

Monsieur et Madame
STIKEPÈTEKETUPEUTEFERMALE
se réjouissent d'annoncer la venue au monde de leurs filles
Cécile, Ella

Monsieur et Madame
O'KUTÉSIGEMAILÉDOADANLAPRIZ
sont très fiers de vous annoncer la naissance de leurs enfants
Humphrey, Électre

Monsieur et Madame
SANFRAPÉ
ont le plaisir de fêter l'arrivée sur terre de leurs fils
Sonny et André

Monsieur et Madame
PERSONE
sont heureux de vous faire part de la naissance de leurs enfants
Jess, Sonny, Yahvé

Monsieur et Madame
SITÉPAHUNTELEKTUHELLE
se réjouissent d'annoncer la venue au monde de leurs enfants
Maïté, Manuel

Monsieur et Madame
OLIMPIAJIVÉPA
ont la joie de vous annoncer la naissance de leurs enfants
Frédéric, François, Chantal

Monsieur et Madame
LUÉLÉDÉGARS
ont le bonheur de vous annoncer la naissance de leurs filles
Ella, Eva

Monsieur et Madame
ZANKESTION
sont heureux de vous faire part de la naissance de leurs enfants
Jeff, Ella, Rémy

Monsieur et Madame

ÉPLUHO-KESSONKU

ont la joie de vous annoncer la naissance de leurs fils

Yves et Pete

Monsieur et Madame

BAIDEHO

sont heureux de vous faire part de la naissance de leurs enfants

Elle et Tom

Monsieur et Madame

ÉTOUMONPONION

sont très fiers de vous annoncer la naissance de leurs fils

Jeff, Phil

Monsieur et Madame

MOUCHE

se réjouissent d'annoncer la venue au monde de leurs filles

Ella, Purdey

Monsieur et Madame ont un fils

• • •

SOMMAIRE

Directrice Littéraire :
Huguette Maure

Graphiste :
Pascal Vandeputte

Attachées de presse :
Nathalie Ladurantie
Myriam Saïd-Errhamani

Impression réalisée sur CAMERON par
BRODARD ET TAUPIN
La Flèche

pour le compte des Éditions Michel Lafon
en février 1995

Imprimé en France
Dépôt légal : février 1995
N° d'impression : 1593 L-5
ISBN : 2-84098-108-4
50-1405-5